H. W. Berend

Ueber den Nutzen der Heilgymnastik zur Beseitigung der durch Verletzungen mittelst Kriegswaffen entstandenen Gebrechlichkeiten

Antigonos

H. W. Berend

Ueber den Nutzen der Heilgymnastik zur Beseitigung der durch Verletzungen mittelst Kriegswaffen entstandenen Gebrechlichkeiten

Unveränderter Nachdruck der Originalausgabe von 1871.

1. Auflage 2024 | ISBN: 978-3-38635-065-5

Antigonos Verlag ist ein Imprint der Outlook Verlagsgesellschaft mbH.

Verlag: Outlook Verlag GmbH, Zeilweg 44, 60439 Frankfurt, Deutschland
Vertretungsberechtigt: E. Roepke, Zeilweg 44, 60439 Frankfurt, Deutschland
Druck: Libri Plureos GmbH, Friedensallee 273, 22763 Hamburg, Deutschland

Ueber den Nutzen

der

Heilgymnastik

zur

Beseitigung der durch Verletzungen mittelst Kriegswaffen entstandenen Gebrechlichkeiten.

Von

Dr. H. W. Berend,

Ritter des Kgl. Preuss. Kronen-Ordens 3. Cl., des Kgl. Preuss. Rothen Adler-Ordens 4. Cl., des Kaiserl. Russ. St. Stanislaus-Ordens 2. Cl., des Kaiserl. Russ. St. Annen-Ordens 3. Cl. und des Kgl. Schwed. Wasa-Ordens 3. Cl.

Königl. Preuss. Geheimen Sanitätsrath, practischem Arzt, Operateur und Geburtshelfer in Berlin, Director des gymnastisch-orthopädischen Instituts, sowie einer Privatheilanstalt für äusserlich Kranke, Ehrenmitgliede des Conseils der Kaiserl. Russischen Universität Charkow, der Gesellschaft für Heilkunde zu Berlin, des deutschen Chirurgen-Vereins, des Vereins für conservative Chirurgie zu Lissa, der Kaiserl. Gesellschaft Russischer Aerzte zu St. Petersburg und des naturwissenschaftlichen Vereins des Harzes, Mitgliede der Hufeland'schen medicinisch-chirurg'schen Gesellschaft, der Berliner medicinischen Gesellschaft, der niederrheinischen Gesellschaft für Natur- und Heilkunde zu Bonn, der schlesischen Gesellschaft für vaterländische Cultur zu Breslau, des Cercle medico-chirurgical zu Brüssel, der Gesellschaft für Natur- und Heilkunde zu Dresden, der Königl. Academie gemeinnütziger Wissenschaften zu Erfurt, der Kaiserl. Russischen naturforschenden, sowie der physicalisch-medicinischen Gesellschaft der Universität zu Moskau, der medicinisch-chirurgischen Academie zu Neapel, der Société de chirurgie und der Société medico-pratique zu Paris, der Academien der Wissenschaften zu Rom und Sezze und der medicinischen Gesellschaften zu Athen, Amsterdam, Brügge, Leipzig, Lissabon, München, Odessa, Pest, Prag, Rotterdam, Stockholm, Warschau und Zürich.

Berlin 1871.

Bei Gustav Hempel.

Die Verwendung der Heilgymnastik, nicht blos für medicinische, sondern auch für die verschiedenartigsten chirurgischen Zwecke, ist seit der Gründung meines gymnastisch-orthopädischen Instituts im Jahre 1840 bis auf die gegenwärtige Zeit mir eine ernste Aufgabe gewesen und geblieben. Gelenkdeformitäten der verschiedensten Art und insbesondere die aus traumatischen Quellen entsprungenen Steifigkeiten und Verkürzungen der Bänder und Sehnen, Schwächezustände der Muskeln, vollkommene und unvollkommene Lähmungen, sowie Nervenerschütterung aus gleichem Ursprunge, Erschlaffung der Muskeln und Bänder nach Resectionen der Gelenke (Schlottergelenke), Anchylosen der verschiedensten Gelenke nach entzündlichen Zuständen (am häufigsten Panaricien) sind mit mehr oder weniger günstigem Erfolge heilgymnastisch von mir behandelt worden. So wurden Oberarm-, Ellenbogen-, Finger-, Knie- und Hüftgelenke, welche durch lange Unthätigkeit oder in Folge materieller, organischer Hindernisse (Exsudate), Narben, Verbrennungen gebrauchsunfähig geworden, wieder zu einer besseren Functionsfähigkeit geführt. Viele Gliedmaassen, welche ohne heilgymnastische Nachbehandlung sicherlich der Oeconomie des Körpers nicht mehr dienstbar geblieben wären, sind auf diese Weise wieder gebrauchsfähig geworden. — Leider ist dieses wichtige Hülfsmittel (die Heilgymnastik) trotz allen wiederholt von mir gegebenen literarischen Mittheilungen und Aufklärungen noch lange nicht ein Gemeingut des Wundarztes geworden, und noch in dem neuesten, 14. Berichte meines Instituts (1870, pag. 3 u. 4, Berlin, Gust. Hempel) habe ich deshalb ein ernstes Mahnwort darüber aussprechen müssen, dass die fragliche Methode in Lazareth und Klinik bis jetzt nur einen höchst beschränkten oder gar keinen Eingang gefunden. — Man begnügte sich damit, den Kranken eine Bewegungscur anzuempfehlen, liess aber solche höchstens in passiver Form von ungeübten Wärtern ausführen; zu einer methodischen, systematischen Durchführung eines heilgymnastischen Curplancs kam es selten oder nie. Denn es fehlt an kundigen und geübten technischen Kräften; das Lazareth und die Klinik hat anderweitig zu viele und ernste Beschäftigungen, und ausserdem existiren dort für die Heilgymnastik doch kaum die erforderlichen Apparate und orthopädischen Bewegungsmaschinen.

Mancher Kranke bleibt daher ungeheilt und arbeitsunfähig und fällt als erwerbloser Invalide oft genug der Commune, der Stadt, dem Staate, dem öffentlichen Mitleid anheim. So weit es in meinen Kräften stand, habe ich auf diesem Gebiete nicht blos durch das Wort, sondern auch durch die That zu wirken gesucht. Eine grosse Anzahl hierher

gehöriger Kranker ist während des 31jährigen Bestehens meiner Heil-
anstalt mit dem daselbst befindlichen, ausgiebigen heilgymnastischen
Apparat behandelt worden, und fremde wie eigene chirurgische Praxis
lieferten hierzu ein reichliches Material. — Die so gewonnenen Erfahrungen habe ·ich nunmehr auch auf die einschlägigen Deformitäts- und
Anchylosenzustände angewendet, welche als die Folge der mannigfaltig-
sten Verletzungen durch Kriegswaffen entstanden waren. Das Kriegs-
jahr 1866 lieferte ebenfalls hierzu schon mannigfache Gelegenheit.

Verschiedene reconvalescirende Verwundete, welche ich selber als
chirurgischer Consulent zur Zeit in dem königlichen Lazareth der Franz-
caserne in der Hasenhaide operirt und behandelt hatte, und welche
nach Schluss des Lazareths, Ende September des genannten Jahres, in
die chirurgische Separatabtheilung meines Instituts freiwillig von mir
aufgenommen waren, gleichwie eine andere Reihe ähnlicher Fälle aus
der unter meiner Leitung damals gestandenen chirurgischen Abtheilung
des Auguststrassen-Krankenhauses gaben mir Gelegenheit, hierher ge-
hörige weitere und ermuthigende Beobachtungen zu machen.

Ganz besonders waren die an den Ellenbogengelenken von mir
Resecirten, mit sogenannten Schlottergelenken, Gegenstand heilgymnasti-
scher Unternehmung, und ich glaube überzeugt sein zu dürfen, dass
auf solchem Wege hier ebenso viel oder vielleicht noch mehr auszu-
richten ist, wie mittelst der in der neuesten Zeit zu gleichem Zwecke
hier und da gepriesenen Electricität.

Mit der Heilgymnastik muss nach Umständen die Application von
orthopädischen Apparaten, also die eigentliche enger genommene orthopädische Mechanik verbunden werden. — Freilich gehört Geduld, Aus-
dauer, Sorgsamkeit und practische Kenntniss des Gegenstandes dazu,
um das erforderliche Ziel zu erreichen, aber immer ist es der Mühe werth,
das Letztere anzustreben, da kaum ein anderer Weg zur nothwendigen
Heilung oder selbst Besserung führen dürfte.

Der gegenwärtige, ruhmreiche Krieg hat abermals mich auf diese
Bahn gewiesen. So habe ich u. A. als chirurgischer Consulent
und namentlich des vereinigten Lazareths der Veteranen und Kampf-
genossen, Leipzigerstrasse No. 15, Gelegenheit gefunden, den in Frage
stehenden Gegenstand weiter zu verfolgen. So behandelte ich unter
anderen von den Soldaten dieses Lazareths heilgymnastisch einen Fall
von Parese der Aufhebemuskeln des Oberarms mit Gelenkanchylose,
sowie einer höchst wahrscheinlich durch ursprüngliche Nervenerschütterung bedingten Stumpfheit und Anästhesie der oberen Extremität, ferner
Anchylose des Handgelenkes mit Parese der Extensores carpi und
Flexionsanchylose sämmtlicher Finger in Folge von Schussfractur des
Vorderarms, mit gleichzeitiger Hyperostose des Radius und der Ulna.
Desgleichen eine durch Schussverletzung entstandene Necrose des Mittel-
fingers, welcher letzterer zwar erhalten war, aber zu der eine consecutive
Flexionsanchylose der übrigen Finger sich gesellt hatte. Zwar hatte
der dirigirende Arzt des Lazareths, Herr Dr. D. Loewenstein, nach
völliger Ausheilung der primären Verletzungen und Wunden in rich-

tiger Würdigung der betreffenden Deformitätszustände bereits passive Bewegungen im Lazareth selbst als nothwendig anerkannt und angeordnet, aber nachdem er sich von der schwierigen und fast unmöglichen Ausführung derselben an Ort und Stelle überzeugt hatte, meinen Vorschlag, die Reconvalescirenden in mein Institut selbst zur Nachbehandlung täglich zu senden, gern adoptirt. Das bisher schon Errungene berechtigte jedenfalls bereits zu ferneren günstigen Hoffnungen.

Leider haben durch die von den Kranken selbst begehrten Invalidisirungsgesuche, sowie durch andere äussere Hemmnisse, deren Beseitigung nicht in meiner Macht lag, die von mir an diesen Kranken errungenen Besserungsresultate zur Wiederherstellung ihrer normalen Bewegungsfähigkeit nicht zum vollständigen Abschluss gelangen können. Um so mehr bin ich erfreut, in der folgenden Darstellung einen Heilungsfall mittheilen zu können, dessen pathologische wie therapeutische Momente durch authentische Protocolle und Verificirung durch die hiesigen beiden ärztlichen Vereine, die Gesellschaft für Heilkunde und die Berliner medicinische Gesellschaft, constatirt worden sind. Die Veröffentlichung des Namens des Kranken sowie der über die therapeutische Thatsache sprechenden Documente ist mir von dem dankbaren, tapferen Officier ausdrücklich gern zugestanden worden, sowie derselbe sich lediglich im Interesse der guten Sache und zur Ermunterung ähnlicher Leidender in den genannten Gesellschaften geheilt persönlich gern zur Untersuchung vorgestellt hat.

Bedeutende Zerstörung der Muskelbäuche der Strecker der linken Hand und Fingergelenke durch einen Granatschuss. Heilung der consecutiven Brandwunde binnen 2 Monaten in dem königl. Lazareth von Saarbrücken, Beseitigung der noch übrigen Lähmung und Bewegungsunfähigkeit der verletzten Muskeln, sowie Hebung der Fingergelenksanchylosen in meinem Institut.

Am 13. November v. J. stellte sich mir der Premierlieutenant des 1. Pommerschen Infanterieregiments Hr. Berghaus zum ersten Male vor und brachte das folgende Protocoll seiner Wundenheilung aus dem Lazareth in Saarbrücken mit, das ich genau dem Original gleichlautend hierdurch wörtlich mittheile.

„Hr. Lieutenant Berghaus kam mit mir am 22. August 1870 zugleich in's Lazareth. Derselbe war bei Gravelotte von einem Granatstück in der Mitte seines linken Vorderarms, an der Radialseite getroffen worden. — Die Verletzung bestand in einer fast totalen Zerstörung der Muskelbäuche der Strecker der Hand. — Der Umfang der Verletzung erreichte eine um so grössere Ausdehnung, als das Granatstück, nachdem dasselbe über dem Radius eingedrungen, eine schmale Hautbrücke hatte stehen lassen, um in dem fleischigeren Theile des Armes einen noch grösseren Substanzverlust zu erzeugen. Der Längsdurchmesser der zerrissenen Wunde betrug circa 8—9 Ctm. — der Querdurchmesser fast ebenso viel.

Die Wunde war, als Hr. Lieutenant Berghaus ankam, sphacelös (brandig). Durch Umschläge mit Solutio plumbi aluminata, später eine Salbe aus Kohlenpulver mit Oleum terebinthinae, aromatischen Umschlägen, wurde erfolgreich das sphacelöse, tiefe Geschwür in ein gut granulirendes verwandelt, welches im Anfange mit Ung. basil. cum tra opii u. Tinct. myrrhae verbunden, später mit einfachem Ung. simpl. und Höllensteinlösung zur Vernarbung geführt wurde.

Von Interesse war die enorme Sensibilität der Wunde, welche durch die leicht aufschiessenden Granulationskerne erzeugt wurde. — Hr. Lieutenant Berghaus wurde zu meinem grossen Bedauern durch längere Zeit sehr von Schmerzen gefoltert. — Indessen die zunehmende Vernarbung und die täglich vom Anfange der Behandlung angewendeten Armbäder (Wasser- später Chamillenaufgussbäder) minderten auch diese Leiden, und die Vernarbung schritt so erfreulich vor, dass bei meinem Abgange am 31. October 1870 nur noch eine kleine Stelle zu vernarben übrig blieb.

Bevor das Projectil den Arm getroffen, hatte es auch die linke Seite des Bauches unweit des Nabels gestreift und eine circa 6 Ctm. lange und 4 Ctm. breite Risswunde erzeugt, welche bei ähnlicher Behandlung sich jedoch schon früher schloss.

Ob das Projectil den Radius gebrochen, darüber bin ich nicht klar geworden, weil die Schmerzen des liebenswürdigen Patienten keine specielle Untersuchung erlaubten, und weil der Arm, bei der ganzen Pflege, von mir immer eine Lage erhielt, wodurch der Knochen — im Falle derselbe verletzt gewesen wäre — dennoch richtig heilen musste.

Demnach entlasse ich Hrn. Lieutenant Berghaus mit der Zuversicht einer dem schweren Falle entsprechenden, sehr glücklich für die Zukunft erzielten Heilung. Ich habe demselben, weil Hr. Lieutenant Berghaus nach Berlin geht, Hrn. Geh.-Rath Dr. Berend zur weiteren Consultation dringend empfohlen."   (gez.) Dr. Hanuschke.

Nunmehr lasse ich den Patienten selbst sprechen und das von ihm verfasste Tagebuch seiner Heilungsgeschichte folgen, dessen Authenticität eine um so grössere Bedeutung hat, als Hr. Lieutenant Berghaus zugleich ein in der hiesigen königl. Centralturnanstalt wissenschaftlich ausgebildeter gymnastischer Lehrer ist, somit neben dem bedeutendsten Interesse an dem Fortgange seiner eigenen Cur auch noch die Befähigung besass, die Einzelheiten derselben mit eingehender Sachkenntniss zu bemerken und zu beurtheilen.

Berlin, den 31. December 1870.

In der Schlacht bei Gravelotte am 18. August d. J. durch einen Granatsplitter am Unterleib und am linken Unterarm schwer verwundet, wurde ich vom 22. August ab im Lazareth des neuen Casino zu Saarbrücken durch den königl. Sanitätsrath Hrn. Dr. Hanuschke aus Ottmachau behandelt. Derselbe verliess das Lazareth am 31. October und empfahl mich dem Geh.-Rath Hrn. Dr. Berend in Berlin, welchem ich mich am 13. November präsentirte. Die Wunde am Unterleib war bereits nach etwa 6 Wochen in Saarbrücken geheilt; die am Unterarm war noch von der Grösse etwa eines Silbergroschens, jedoch war die Narbe mit nässenden Flechten bedeckt, als ich in Berlin eintraf.

Der Zustand des linken Armes war ungefähr folgender: Die Armbewegungen konnten fast sämmtlich ohne grosse Schmerzen gemacht werden, jedoch war die Beugung des Unterarms gegen den Oberarm nur bis etwa zu einem rechten Winkel zu bewerkstelligen. Die Hand hing total kraftlos, unfähig zu irgend einer Bewegung, herunter, die ganz flectirten Finger konnte ich nur allein ein wenig spreizen und zusammenführen.

Die eigentliche Wunde schloss sich unter täglich zweimaligem Baden in Chamillenthee, später warmem Wasser und einem Salbenverband am 29. November; gegen die nässenden Flechten kamen vom 30. November ab Umschläge von Ulmenrindendecoct in Anwendung, nach deren Gebrauch auch diese am 11. December verschwunden waren. Die äusserst gespannte, dunkelrothe und glänzende Narbenhaut wurde, sowie der Arm, mit Ochsenpfotenfett eingerieben, wonach die erstere bald ein naturgemässeres, gesunderes Aussehen erhielt.

Am 14. November begann in der Anstalt des Hrn. Geh.-Rath Dr. Berend die orthopädische Behandlung. An den ersten Tagen konnten mit mir durchaus nur passive Bewegungen vorgenommen werden. Eine Verticalmühle, sowie einen mit Gewichten beschwerten Sack konnte ich nur mit den vorderen Fingergliedern fassen, jedoch war es unmöglich, eine Drehung an ersterer oder einen Zug am letzteren auszuführen. Trotzdem versuchte ich diese Uebungen jeden Tag, wodurch es mir gelang, bereits am 19. November einige Drehungen an der Verticalmühle und einige Züge am Sack auszuführen. Durch fortschreitend grössere Anforderungen zog ich bereits am 15. December den Sack 100 Mal in die Höhe und machte 115 Drehungen an der Verticalmühle. Dieser fortschreitenden Besserung gemäss gewannen auch die mittleren Fingerglieder Leben, und ward es möglich, active Bewegungen mit genannten zwei Gliedern auszuführen unter Widerstand des Lehrers resp. des Patienten. Im Handgelenk, das nur durch passive Bewegungen bisher hatte angestrengt werden können, bemerkte ich nach denselben eine geringe Beweglichkeit am 7. December; am 9. kamen zur Stärkung desselben, sowie um den hinteren Fingergliedern etwas Beweglichkeit zu verschaffen, Cataplasmen von Muskauer Moor in Anwendung. Nach etwa 8 Tagen bereits konnte ich die Hand streeken und gestreckt erhalten unter Widerstand des Lehrers, jedoch ist es mir bis zum heutigen Tage nicht möglich, mit den beiden vorderen Fingergliedern zugleich die hinteren zu beugen. Am 15. December konnte ich mit der linken Hand einen Rohrstuhl heben; sämmtliche vorhergegangene Versuche der Art liefen darauf hinaus, dass ich nur zwei Beine desselben lüften konnte.

Die Versuche, an einer Horizontalmühle zu drehen, scheiterten an dem Ausstrecken des Armes mit gleichzeitigem Festhalten des Handgriffes; es war ein Gefühl, als wenn bei dieser Bewegung der Muskel an der Narbe zöge und, gewissermaassen dort festgewachsen, sich nicht auszudehnen vermöchte. Durch jeden Tag fortgesetzte Versuche gelangen mir einige Drehungen am 16. December, deren Zahl sich in wenigen Tagen auf 30 steigerte; am gestrigen Tage führte ich 50 Drehungen aus. Die Finger konnte ich so viel beugen, dass ich den Griff, den ich früher nur lose in der Hand hielt, in seinem ganzen Umfange in der Hand fühlte.

Die versuchten Drehungen an der grossen, schweren Verticalmühle missglückten an der grossen Kraftlosigkeit der Hand und dem Unvermögen, die Kurbel wieder zu heben. Am 21. December gelang mir auch dieses, und führte ich ebenfalls am gestrigen Tage 50 Drehungen aus.

Die Narbe der Wunde war bei meiner Ankunft hierselbst sehr tief, die Ränder zackig, fast scharfeckig. Die untere Fläche hat sich nach der orthopädischen Behandlung gehoben, die Narbe hat sich verflacht, und sieht man in derselben bei jeder Bewegung der Hand und der Finger die Muskeln an Stellen, wo nach der Verletzung, um mich so auszudrücken, Nichts war, wieder spielen; die Ränder haben sich abgerundet und mehr nach der Narbe zu geebnet.

Der Handrücken war fortwährend sehr geschwollen, und blieb ein durch einen Finger hervorgebrachter Eindruck mehrere Minuten lang sichtbar. Ich trug den Arm bis etwa Mitte December in einem Armkorbe (die Hand war dabei fest gewickelt), von dieser Zeit ab in einer Binde, und liess ich auch diese am 27. December fort. Ich gewöhnte mich zu Hause bereits vom 5. December ab daran, ohne Schutzmittel zu gehen und die linke Hand zu kleineren Dienstverrichtungen, deren sie gänzlich entwöhnt war, zu zwingen. Die Hand ist kaum noch geschwollen und habe ich unwillkürlich noch immer das Bestreben, dieselbe etwas hoch zu halten oder zu legen, da ich in derselben, wenn ich sie hängen lasse, ein unangenehmes Gefühl des zu starken Blutandranges empfinde.

In den letzten Tagen vermochte ich auch bereits die verordneten Armstreckungen mit der leichtesten Hantel auszuführen; ich konnte es früher der Kraftlosigkeit des Handgelenkes wegen nicht, auch kann ich den Unterarm derart beugen, dass die Fingerspitzen bis nur noch etwa 4 Zoll von der Schulter entfernt sind.

Ich kann mich jetzt vollständig allein an- und ausziehen, mit Ausnahme des Zuhakens des Kragens und der Umlegung der Binde, selbst das Anziehen der Stiefeln ist mir möglich.

Dieses Heilresultat bestätigte der Hr. Prof. Dubois-Reymond am 29. December, an welchem Tage ich die Ehre hatte, demselben durch den Hrn. Geh.-Rath Dr. Berend präsentirt zu werden. Schliesslich füge ich noch hinzu, dass ich bei der ganzen gymnastisch-orthopädischen Cur durchaus keinerlei Schmerzen empfunden habe.

(gez.) Berghaus,
Premierlieutenant im Grenadierregiment König Friedrich Wilhelm IV.
(1. Pommersches) No. 2.

9

27. Januar 1871.

Im Anschluss an meine Erklärung vom 31. December v. J. füge ich am heutigen Tage hinzu, dass das unangenehme Gefühl des Blutandranges, wenn ich die Hand hängen lasse, nunmehr geschwunden ist, und ich seit Mitte dieses Monats gleich früher alle feineren Verrichtungen, wie z. B. das Zuknöpfen der rechten Handmanschette, Umlegen der Binde, mit derselben ausführen kann. Auch besitze ich jetzt so viel Kraft in derselben, dass ich einen schweren Stuhl mit ihr heben und einen vierjährigen Knaben festhalten kann.   (gez.) Berghaus.

Epikrise.

Wir sehen demnach hier eine eclatante, ausschliesslich auf heilgymnastisch-orthopädischem Wege erzielte Heilung, nämlich die Wiederherstellung der gänzlich eingebüssten Bewegungsfähigkeit der Streckmuskeln des Handgelenks und sämmtlicher Strecker der Finger (extensor carpi radialis longior und brevior, extensor carpi ulnaris, extensor indicis proprius, extensor digitorum communis), sowie die Beseitigung der Anchylose sämmtlicher Fingergelenke, durch welche auch die Fingerbeuger in Unthätigkeit versetzt waren, Folgezustände eines tiefgreifenden Substanzverlustes der betreffenden Muskelbäuche durch einen Granatschuss und einer während einer länger dauernden Heilung bestandenen Passivität der allermeisten Muskeln des Vorderarmes überhaupt.

Während vermittelst activer, passiver und Widerstandsbewegungen, durch sachverständige Hand mit Benutzung der auf einem wohlorganisirten Cursaale vorhandenen verschiedenartigen Hülfsmittel ausgeführt, die gänzlich verlorene Function der genannten Muskeln zur Norm zurückgeführt wurde, hat diesem Heilzwecke die Mobilisation der anchylosirten Fingergelenke durch passive Gymnastik einen wesentlichen Vorschub geleistet. — Diesen Erfolg verdanken wir nicht etwa einer Erweichung der beträchtlichen Wundnarbe allein, wie ähnliches von gewisser Seite der Electricität vindicirt wird, vielmehr behaupte ich, dass weder von der Electricität noch von der bisher überhaupt für diese Zwecke nur sehr vereinzelt angewendeten Heilgymnastik bisher ein gleiches Resultat in den Annalen der Wissenschaft verzeichnet worden ist, und in den allerneuesten kriegschirurgischen Schriften von Stromeyer, Pirogoff, Neudörfer, Löffler, Fischer, Heine etc. habe ich keinen Pendant hierzu auffinden können. In der That hatte ich Gelegenheit, bei meinem Kranken mit der fortschreitenden Besserung die mehr und mehr zunehmende Ernährung der in ihrer Vitalität sehwer gefährdet gewesenen Muskeln auf das deutlichste wahrzunehmen und hiermit eine im Verhältniss stehende Ausfüllung des erheblichen Muskeldefects und eine Ausgleichung der tiefen Narbenstelle unzweifelhaft zu verfolgen. Allerdings konnte hier von einer Regeneration der verloren gegangenen Muskelpartien selbst nicht die Rede sein, denn eine solche existirt physiologisch nicht, vielmehr geschah eine Ausfüllung der defeeten Partien durch Zellengewebsnarben, ähnlich den Inseriptiones tendineae und hiermit im Zusammenhange eine allmälige Restitution der oberhalb letzterer gelegenen, an Volumen allmälig siehtlich zunehmenden Muskelpartien vermöge der exeitirenden Wirkung der heilgymnastisehen Methode. Auf solehem Wege wurde die aus der Passivität sonst hervorgehende fettige Entartung und Lähmung der Muskeln verhütet, welehe, wie die erfahrensten kriegsehirurgisehen Autoren (siehe Neudörfer, Handbueh der Kriegsehirurgie, erste Hälfte, pag. 59) offen bekunden, zum unwiederbringliehen funetionellen Verlust der betheiligten Gliedmaassen führen müssen. Diese Thatsache hat aueh Hr. Prof. Dubois-Reymond bei der Untersuehung des ihm von mir vorgestellten Reeonvaleseenten mit dem grössten Interesse eonstatirt und zugleieh den genannten Heilungsfall für einen selbst physiologiseh sehr bedeutsamen erklärt.

Meinen im Eingange dieser kleinen Arbeit vorläufig nur im Umrisse gelieferten Bemerkungen über die Bedeutsamkeit der heilgymnastiseh-orthopädisehen Methode bei der Cur der naeh Kriegsverletzungen zurüekgebliebenen Gebreehliehkeiten, wie Paresen, Paralysen, Contracturen, Anehylosen, sowie der wiehtigen dureh obige Doeumente hinreiehend begründeten therapeutisehen Thatsaehe habe ieh nur wenige Worte hinzuzufügen, zumal vielfaehe dureh die gegenwärtigen Zeitverhältnisse bedingte Besehäftigungen augenblieklieh mir zu einer grösseren Arbeit über diesen Gegenstand keine Musse gewähren.

Die heilgymnastiseh-orthopädisehe Methode, welehe man aueh kurzweg die Orthopädik nénnen könnte, weil es naeh dem gegenwärtigen Standpunet der Wissensehaft keine Heilgymnastik ohne Meehanik, Orthopädik, und keine Orthopädik ohne Heilgymnastik giebt, ist zugleieh naeh unseren aueh in diesem kriegsehirurgisehen Heilungsfall bestätigten therapeutisehen Erfahrungen unleugbar das Subsidium, um anehylotisehen Zuständen, Contraeturen, Sehwäehezuständen und Steifigkeiten der Muskeln, Bänder und Gelenke entgegenzuwirken. Im weitesten Umfange und mit den uns hier zu Gebote stehenden reiehen Sehätzen von Heilmitteln gymnastiseher und meehaniseher Art ausgestattet, dient es im vollsten Maasse als mobilisirendes wie als exeitirendes Heilmittel, wie sie in der ehirurgisehen und namentlieh in der kriegsehirurgisehen Praxis in und ausserhalb des Lazareths zur Anwendung kommen können, und es verlohnt sieh in der That der Mühe, Einriehtungen zu treffen, um hierzu den betreffenden Aerzten die Kenntnisse und Erfahrungen zu versehaffen, damit sie sieh entweder selbst oder mit Zuhülfenahme von gebildeten Assistenzkräften, freilieh nieht von rohen und kenntnisslosen Wärtern und Wärterinnen, den Verwundeten naeh dieser Riehtung hin nützlieh zu maehen im Stande wären.

Die dazu übliehen Vorriehtungen können im hohen Grade vereinfacht werden, und zwar so, dass sie überall in jedem grösseren oder kleineren Lazareth, in jedem Privathause einer Stadt, selbst des kleinsten Fleckens aufgestellt und verwendet werden, ohne dass es hierzu ganz besonderer Einrichtungen bedürfte, wie sie allerdings zu einem vollständigen heilgymnastischen Cursaal gehören. Nicht das Complicirte der Bewegung, sondern die richtige Diagnose des Krankheitszustandes, den man vor sich hat, und die hierauf begründete einfache Einwirkung macht das Wesen der Sache aus, und es gelten hier ganz und gar dieselben Principien, welche ich bereits seit länger als 30 Jahren in der orthopädischen Chirurgie auch für die Anordnung der eigentlichen orthopädischen Apparate und Maschinen zu den obersten erhoben. Neben dieser Einfachheit der orthopädischen Chirurgie für kriegschirurgische Zwecke schliesst diese letztere Methode noch den grossen Vorzug der Schmerz- und Gefahrlosigkeit in sich. Die einzelnen Bewegungsformen liegen ganz und gar in der Hand des orthopädischen Arztes, sie können ganz nach Bedürfniss graduirt und ohne alle Belästigung des Kranken zur Verwendung kommen. Jede etwa nachtheilige Reizung und jede Wiederkehr entzündlicher Zustände in den kaum geschlossenen Narben und verletzten Muskeln- und Sehnenpartien muss und kann vermieden werden, da das unantastbare Princip der Orthopädik die langsame und schmerzlose Einwirkung ist, und diese allein zu einem sicheren Ziele führt. Hieraus geht hervor, dass die genannte Heilmethode schon sehr früh, bald nach Schluss der Wunde selbst ihre Stelle findet, und hierdurch die Möglichkeit gegeben ist, einerseits die Muskeln aus ihrer Passivität zu befreien, durch welche sie bei längerer Unthätigkeit unfehlbar der fettigen Degeneration anheimfallen müssten, mit der ihr Leben und ihre Functionsfähigkeit grossentheils verloren ist, andererseits aber wird durch die Mobilisirung den Anchylosen, die anfangs nur als Spuriae fast überall bestehen, allmälig aber durch Ossification der Gelenkenden zu Verae werden müssten, diesem entschieden unheilbaren und weder durch gewaltsame Streckung noch durch Mechanik besiegbaren Zustande entgegengearbeitet.

Es ist selbstverständlich nach der Definition, die ich oben überhaupt von der Orthopädik gegeben habe, dass es in einzelnen Fällen dem Tacte und dem Sachverständniss des gebildeten Wundarztes überlassen bleiben müsse, wie weit er es neben der Heilgymnastik für rathsam hält, auch der Electricität und Mechanik als einem permanent wirkenden Dehnungsmittel ihren Platz anzuweisen, denn das steht fest, dass die nur periodische Application von Maschinen allermeist das wieder verlieren lässt, was wir gewonnen, und dass in der Permanenz ihrer Einwirkung ihre wesentliche Kraft liegt. Ebenso muss es in einzelnen Fällen der rationellen scharfen Beurtheilung anheimfallen, wie weit wir die eigentlichen orthopädischen Operationen, blutige oder unblutige, unter Chloroformeinwirkung zu Hülfe nehmen wollen. Allein das darf man mit Sicherheit sagen, dass diese letztere Methode, wie hoch auch ihr Werth in Anschlag gebracht werden darf, dennoch bei einer frühzeitigen Anwendung der Heilgymnastik gerade bei Kriegsverletzungen oft vermieden werden könne, namentlich wenn wir mit derselben den Gebrauch von fettigen Einreibungen, Ueberschlägen von Moorcataplasmen und warmen Bädern verbinden, die ja als thermale, künstliche oder natür-

liche von Aachen, Wiesbaden, Töplitz, Gastein etc. mit vollem Rechte
sich seit Jahrzehnten einen hohen Rang in der Materia chirurgica er-
worben haben.

Meine ausführlichen Erfahrungen über den letzten Gegenstand be-
halte ich mir für eine künftige Darstellung vor, ebenso die weitere
Auseinandersetzung der Wichtigkeit, die nach Kriegsverletzungen ent-
standenen Deformitäten, so weit es innerhalb der Grenzen der Kunst
liegt, zu beseitigen, um hierdurch nicht blos den humanen Zwecken
zu dienen, die vor Allem ein Ausfluss der Dankbarkeit sein müssen
gegen die tapferen Männer, welche Gesundheit und Wohlfahrt für
patriotische Zwecke willig hingegeben haben, sondern um auch in staats-
öconomischer Beziehung die unbegründete Invalidisirung von Kriegern
zu verhindern, die abgesehen von den materiellen Opfern des Staates
ein Brachlegen noch nützlich zu verwendender Menschenkräfte zur Folge
hat. Ein genaues Studium der orthopädischen Chirurgie ist sonach jedem
Militärarzte, welchem doch über die Invalidisirungsfrage eine entscheidende
Stimme zukommt, höchst nothwendig, und kann ohne Schaden für alle
Theile künftighin ein Zurückbleiben dieses Zweiges der Heilwissenschaft
ausserhalb dem Lernkreise der Fachgenossen aus diesem Grunde
nicht länger zulässig erscheinen, wie ich ja bereits im Jahre 1865
dieser Specialität der Heilwissenschaft ihre gebührende Stelle in dem medicinischen Lehrplan vindicirt habe. (Siehe 12. Bericht des gymnastisch-
orthopädischen Instituts, Berlin 1865, pag. 17.)

Dr. H. W. Berend,
früher Oranienburgerstr. 64,
jetzt Victoriastrasse 29B.

Separat-Abdruck aus Göschen's „Deutscher Klinik" 1871, No. 7 u. 8.
Druck und Verlag von Georg Reimer in Berlin.